INSTITUTION DES CONCOURS ACADÉMIQUES

(Décret du 28 Mai 1861.)

ODE

PAR

B. M. HENRI GAUSSERON

ÉLÈVE INTERNE DE PHILOSOPHIE AU LYCÉE IMPÉRIAL
DE NAPOLÉON-VENDÉE.

NAPOLÉON

IMPRIMERIE Ve IVONNET, IMPRIMEUR DU LYCÉE.

—

1864

INSTITUTION DES CONCOURS ACADÉMIQUES

(Décret du 28 Mai 1864.)

ODE

PAR

B. M. HENRI GAUSSERON

ÉLÈVE INTERNE DE PHILOSOPHIE AU LYCÉE IMPÉRIAL
DE NAPOLÉON-VENDÉE.

NAPOLÉON

IMPRIMERIE Ve IVONNET, IMPRIMEUR DU LYCÉE.

—

1864

A SON EXCELLENCE

MONSIEUR V. DURUY

MINISTRE DE L'INSTRUCTION PUBLIQUE.

« Macte animo, generose puer. »

1.

Le signal est donné : sur la poudreuse arène
S'élancent les coursiers que leur ardeur entraîne.
      Les conducteurs penchés,
Les rênes d'une main et l'aiguillon de l'autre,
Pressent leurs fiers chevaux nourris d'orge et d'épeautre,
      Quatre à quatre attachés.

Ils passent. — On dirait que Notus les emporte.
Ainsi dans l'ouragan roule la branche morte ;
      Ainsi l'onde en courroux
Dans un lit tortueux en bouillonnant s'épanche ;
Moins rapide est le vol de la cigogne blanche
      Et du grand aigle roux.

Ils passent ; — et leurs pieds ne marquent pas le sable.
Franchiront-ils ainsi l'espace infranchissable ?
      Iront-ils d'un élan
Aux confins de la terre, où la nuit est profonde,
Où, comme une ceinture aux vastes flancs du monde,
      Court le fleuve Océan ? —

Non ; ce n'est pas si loin que s'étend leur carrière.
Voyez-vous se dresser là-bas ce bloc de pierre
      Dans le stade glissant ?
C'est la borne, qu'il faut d'une roue enflammée
Tourner trois fois, avant que la course animée
      S'arrête en frémissant.

Malheur au téméraire à qui le fouet échappe,
Dont les coursiers tardifs n'ont plus rien qui les frappe
      Qu'une voix sans pouvoir !
Et malheur à celui qui tourne court, et brise
Son essieu gémissant contre la borne grise !
      Ils ne pourront pas voir

Sur leur front découvert la couronne descendre ;
Le poète divin ne fera pas entendre
      Dans ses hymnes leurs noms ;
Leurs fils ne verront point leurs superbes statues
D'un épais manteau d'or et d'argent revêtues,
      Peupler les parthénons !

Mais bienheureux celui qu'en vain ses rivaux suivent,
Dont les chevaux au but avant tout autre arrivent,
      Essouflés et fumants !
— Oh ! qu'il leur donne alors du froment à mains pleines,
Et qu'il lave dans l'eau des plus pures fontaines
      Leurs membres écumants !

Car il a de ce jour acquis honneur et gloire ;
Car chaque âge dira sa lutte et sa victoire
    Aux peuples étonnés ;
Car il n'est plus de ceux que les siècles oublient ; —
Mais c'est un demi-dieu qu'à ses autels supplient
    Les mortels prosternés !

II.

Déjà Pindare a pris sa lyre,
Simonide entonne ses chants,
Et Corinne au divin sourire
Prélude à ses accords touchants !
— C'est une vierge qui lui donne
Le laurier vert qui le couronne ;
Et tout le peuple l'applaudit.
Le bonheur ennoblit sa tête ;
Et l'on dirait que la conquête
Le transfigure et le grandit !

Car c'est une gloire qu'on vante
De remporter le prix des chars !
Pour louer cette lutte ardente
Il n'est pas trop de tous les arts.
Toutes les villes de la Grèce
Implorent les dieux pour qu'il naisse
Parmi leurs fils un tel vainqueur ;
Lui, les deux mains sur sa poitrine,
Sent l'orgueil enfler sa narine
Et la joie inonder son cœur !

C'est le lutteur dont la patrie
S'honorera jusqu'à la fin.
On verra sa palme flétrie
Couronner son buste d'airain.
Et quand la mort, noire faucheuse,
Etendra sa main ténébreuse
Sur son front de gloire couvert,
Un dieu recueillera son âme,
Et la mettra, brillante flamme,
Dans le ciel aux héros ouvert !

Ainsi les vainqueurs d'Olympie
Sont le lustre de la cité.
Il n'est pas d'homme assez impie
Pour railler leur nom respecté.
Devant eux les vieillards se lèvent ;
Et les jeunes guerriers qui rêvent
L'honneur des combats et des jeux,
Prenant ces héros pour exemples,
A leurs images, dans les temples,
Vont plutôt qu'à celles des dieux !

De même l'aiglon dans son aire,
Ne pouvant pas voler encor,
Se traîne en enviant sa mère
Qui librement prend son essor ;
Il la voit fuir dans les nuages,
Malgré les vents et les orages
Volant toujours d'un vol pareil ;
Et, sentant son courage naître,
Il se demande alors peut-être :
— Quand fixerai-je le soleil ? —

III.

Ah ! si la Grèce antique avait pour le courage,
Et la force du corps, et l'adresse des mains,
Ces lauriers glorieux, ces chants qui dans notre âge
Sont encor répétés, et dont l'éclat surnage
Comme des monuments de siècles surhumains ;

Si le grave lecteur qui travaille et qui pense,
S'enthousiasme encore aux récits de ces temps,
Quand Pindare épanchait, comme une mer immense,
Ses flots de poésie, où la strophe en cadence
Semble un brillant oiseau qui s'envole au printemps ;

Et si, portant la main à sa tête penchée,
Comme pour étouffer des pensers douloureux,
Exhalant une plainte à son âme arrachée,
Il disait : — « Noble Grèce au sépulcre couchée,
Où donc sont nos lutteurs, nos palmes et nos jeux?... » —

Qu'il regarde ! Il verra l'esprit sur la matière
Posant enfin le pied comme un maître vainqueur,
Abattre de l'erreur la funeste barrière,
A toute intelligence ouvrir libre carrière,
Régénérer le peuple et mettre haut le cœur !

— Et qu'importe l'arène où la poussière vole,
Où la force tient lieu de vertu, de talent,
Où devant Hérodote une foule frivole
Peut à peine écouter la puissante parole
Du vieil historien qui ne lit qu'en tremblant?

Et qu'importent les chars et les chevaux rapides,
Les combats à la lutte, au disquè, au pugilat ? -
Qu'importe que l'Alphée ait dans ses eaux limpides
Vu se baigner jadis les lutteurs intrépides,
Quand la Grèce au grand nom brillait dans son éclat?

Qu'ont ces siècles passés de tel qu'on les envie ?
— France ! ô noble pays ! ô foyer lumineux !
Pour éclairer la route et féconder la vie,
Toi, tu n'as pas besoin de la flamme ravie
Aux autels où brûlait l'encens pour les faux dieux !

S'ils avaient leurs combats, nous avons nos batailles !
Que sont quelques cités auprès du peuple fort.

Qui fit un jour sortir du fond de ses entrailles
La liberté divine, et broya les murailles
Où les rois l'enfermaient pour lui donner la mort ?

Ah ! ce courage ardent qui rasait les Bastilles,
Qui faisait fuir au loin les hordes de soldats,
Qui chassait les tyrans et qui prenait les villes, —
Si nous ne l'avons plus pour les luttes civiles,
Contre les ennemis il arme encor nos bras !

Je n'en veux pour témoins que les champs de Crimée,
Les plaines d'Italie, et le Mexique en feu,
Et la fauve Algérie, où la terre est semée
Des os de nos guerriers, mais où la France armée
Enfin a reporté la vie et le vrai Dieu !

IV.

Si la Grèce fut grande, oh ! qu'est donc notre France,
Qui met sur son drapeau pour devise : — Espérance !
        Travail ! progrès ! bonté ! devoir ! —
Qui, se donnant un frein sans se donner un maître,
Craignant sa propre ardeur, ne veut pas se permettre
        De mal user de son pouvoir !

Qu'elle est belle à cette heure où, fière d'être libre,
Son grand cœur se dilate avec amour et vibre
   Pour Celui qui, dans le chemin,
Ecarte de ses pas et la ronce et la pierre,
Et fait-e-luire à ses yeux une douce lumière,
   Et la dirige par la main !

A cette heure surtout où, lasse de victoires,
Ayant gagné toujours aux jeux aléatoires
   De la Fortune et des combats,
Afin de couronner son œuvre triomphale,
Elle livre aux esprits l'arène colossale
   Où le sang ne coulera pas !

Je vous plains, je vous plains, Grecs légers et frivoles,
Athlètes et coureurs, lutteurs et discoboles,
   Conducteurs de quadriges d'or !
Insensés ! vous n'aviez en honneur que la force ;
Et Milon périssait, vaincu par une écorce,
   Lui, le géant puissant et fort !

Mais je te plains surtout, ô Pindare ! ô poète !
Ame haute, que Dieu certes n'avait pas faite
   Pour célébrer de tels exploits !...
Que n'es-tu né chez nous pour y chanter encore ?
C'est ici que ta lyre éclatante et sonore
   Vibrerait fort entre tes doigts !...

Plus de chevaux fougueux courant dans la carrière ;
D'athlètes se roulant tout nus dans la poussière
   Afin d'y sécher leur sueur ;
Plus de sang noir vomi souvent à pleine bouche ;
Plus de combat hideux, effrayant et farouche,
   Où le corps seul était vainqueur !

Mais des luttes d'esprit, où toute intelligence,
    Comme un sublime oiseau, peut dans l'espace immense
        Parcourir des champs inconnus !
    Course dont l'Idéal est le but grandiose !
Où le lutteur nerveux n'a pas d'apothéose
        A gagner avec ses bras nus !

Noble aiguillon qui pousse en avant la jeunesse !
Phare dont la lueur est comme la promesse
        D'un port où l'on abordera !
Voix d'en haut qui remplit les âmes de courage,
Qui fait de l'avenir un fortuné voyage
        Où nul écueil n'arrêtera !...

V.

Un vent fécond sur les lycées
A passé, portant avec lui
Des semences fertilisées
Par le soleil qui leur a lui ;
Et sous ce vent, la jeune armée
Qui forme de la France aimée
Et la sauvegarde et l'espoir,
A senti dans sa noble veine
Son sang bouillir, et dans l'arène
A couru, fière et belle à voir !

Oui belle, d'ardeur éclatante,
Belle de courage indompté !
Faisant de l'œuvre qu'elle tente
Un rêve d'immortalité.
De ce rêve tout éblouie,
Dans cette espérance inouie,
Elle travaille et ne dort pas ;
Et, secouant son atonie
Qu'on croyait être une agonie,
La voilà qui marche à grands pas !

Comme l'étincelle électrique
Qui frappe une foule à la fois ;
Comme un capitaine héroïque
Dont les soldats aiment la voix ;
Comme le flot sur le rivage,
Qui se brise au rocher sauvage,
Et qu'un autre flot suit toujours, —
Ainsi vient de frapper nos âmes
Ce mot tout rayonnant de flammes :
— La France aura son grand concours ! —

— O mes amis ! mes jeunes frères !
O bel et turbulent essaim !
Comme l'image de vos mères
A vos yeux apparut soudain !
Vous les voyiez baiser vos têtes,
Où vos espérances secrètes
Posaient les lauriers du vainqueur !
Vous songiez au bonheur du père
Qui, dans son amour plus austère,
Vous presserait contre son cœur !

Puis, sur votre avenir qui s'ouvre,
S'étendait un horizon pur.

Aussi loin que votre œil découvre,
Vous n'aperceviez que l'azur !
Les âpres chemins de la vie,
La route par chacun suivie,
Pleine d'obstacles rebutants,
Avaient pour vous des herbes vertes,
Et de fraîches sources couvertes
Des blanches roses du printemps !

Et, vous berçant de ce beau rêve,
Vous disiez : — « Béni soit Celui
Dont la main généreuse enlève
Les écueils qui nous auraient nui !
Oh ! bénissons cette âme grande !
Et que tout notre amour lui rende
Un peu de ce qu'il fait pour nous !
Heureux le temps de notre enfance,
Puisqu'elle a trouvé pour défense
Cet esprit si juste et si doux ! » —

Et tous aspiraient à la gloire
De pouvoir dans nos rangs lutter,
Regardant comme une victoire
L'espoir seul de la remporter. —
Pour mériter d'être un athlète,
Et de prendre part à la fête
Où se mesurent les esprits,
Chacun va ceindre son courage ;
Car ton mobile est noble et sage,
Grand maître ! et nous l'avons compris !

VI.

Oh ! notre époque est grande ! elle est grande et féconde !
Et la France, marchant à la tête du monde,
S'en va d'un pas égal et sûr vers le progrès !
Ses destins sont remis à des mains bienfaisantes,
A des cœurs généreux, à des âmes aimantes,
Qui pour faire le bien à tous sont toujours prêts !

Au talent reconnu donner un privilège ;
Combattre l'ignorance, épaisse et froide neige
Qui met dans le tombeau les hommes tout vivants ;
Chercher, ensemencer, cultiver le génie ;
Ouvrir l'oreille humaine à la sainte harmonie ;
Tourner vers Dieu nôtre âme en proie à tous les vents ; —

Voilà ta mission ! O maître ! elle est sublime !...
Et ma voix, que mon cœur reconnaissant anime,
Bien que faible et chétive, ira jusques à toi !
Mon âme est un écho qui répond à ton âme !
Quand l'admiration ou quand l'amour m'enflamme,
Il faut qu'un chant joyeux et vrai sorte de moi !

Henri GAUSSERON.

Napoléon-Vendée, juin 1864.